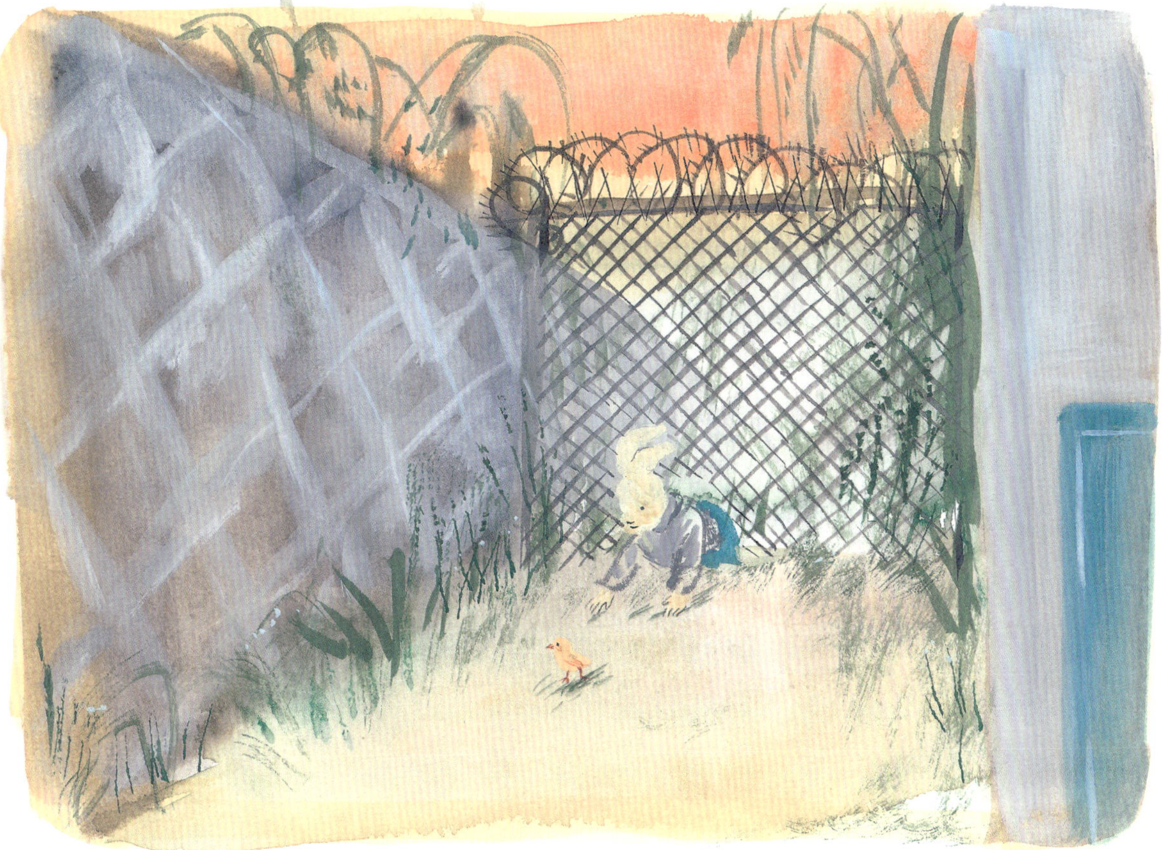

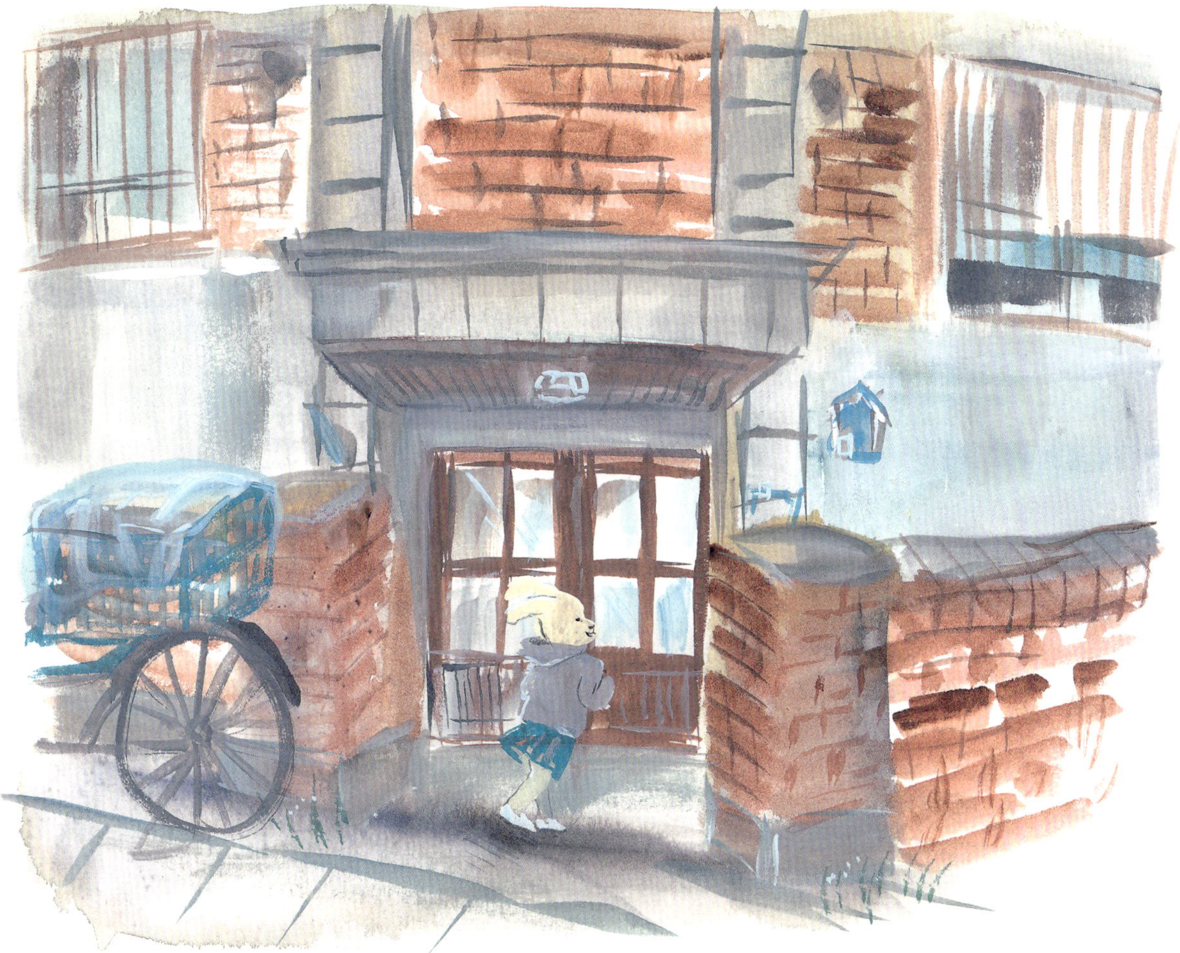

하염없이 몇 시간이고 햇빛을 바라보고,
날아다니는 먼지를 바라보았다.

이수연

그림책과 그래픽 노블을 만드는 작가입니다.
동물들이 가지는 고유한 표정 속에서 사람들의 모습을 찾아내고 관찰하는 것을 좋아합니다.
동물의 얼굴 뒤에 숨겨진 외로운 사람들의 마음에 위로와 공감을 주는 책을 만들고 싶습니다.
쓰고 그린 책으로 『어떤 가구가 필요하세요?』 『달에서 아침을』 『이사 가는 날』이 있으며,
그린 책으로 『우리 동네엔 위험한 아저씨가 살고 있어요』 『파란 눈의 내 동생』 『사자와 소년』
『소원』 『너는 나의 모든 계절이야』 등이 있습니다.

내 어깨 위 두 친구 지은이 이수연

초판 1쇄 펴낸날 2022년 4월 1일 **초판 3쇄 펴낸날** 2023년 11월 10일
펴낸이 김병오 **편집장** 이향 **편집** 김샛별 안유진 조웅연 **디자인** 정상철 배한재 **홍보마케팅** 한승일 이서윤 강하영
펴낸곳 (주)킨더랜드 등록 제406-2015-000229호 **주소** 경기도 파주시 회동길 512 B동 3F
전화 031-919-2734 **팩스** 031-919-2735
ISBN 978-89-5618-278-0 77810
제조자 (주)킨더랜드 **제조국** 대한민국 **사용연령** 8세 이상

내 어깨 위 두 친구 ⓒ이수연 2022
• 신저작권법에 의해 한국 내에서 보호를 받는 저작물이므로 무단전재와 복제를 금합니다.
• KOMCA 승인필 〈In Dreams〉는 한국저작권협회 승인을 받아 사용합니다.
• 이 도서는 한국만화영상진흥원 2021 다양성 만화 제작 지원 사업의 지원을 받아 제작되었습니다.

Two Friends On My Shoulder
내 어깨 위 두 친구

이수연

여섯번째봄

탁탁탁

어린이
보호구역

엄마 물건들에서만 나는
달큼한 향기,

나는 그 냄새가 좋았다.

누군가가 베란다 창문을 열려고 했다. 누구였을까?

기분 나쁜 꿈을 꾸고 있는 걸까?
검은 고양이가 나에게 말을 걸다니.

그 새는 오늘 죽을 거야.

아니야!
그런 일은 없어!

봐,
벌써 비실비실하잖아.
너 같은 애들은 뒷일은
생각하지도 않고 무턱대고
그런 것들을 데려오지.

책임질 수 없는 것은
데려오는 게 아니야.
그건 무책임한 짓이라고.

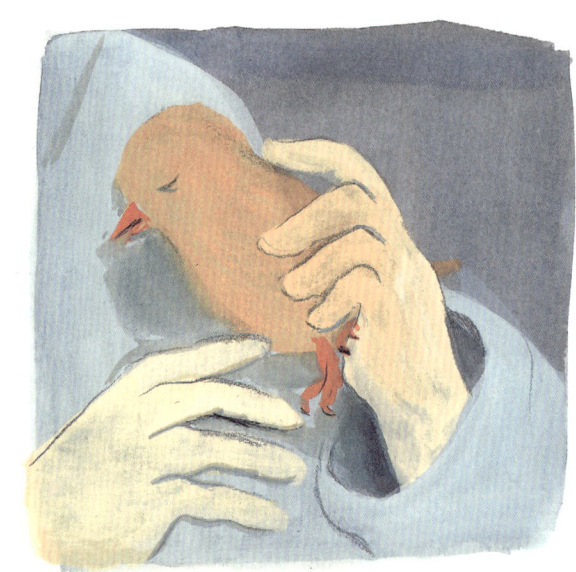

눈물을 흘리면 숨이 거칠어진다.
그럴 때면 코와 입에서 평소엔 나지 않는 습하고 깊은 독특한 냄새가 났다.
그 냄새는 새벽녘에 엄마 베개에서 자주 맡을 수 있었다.
나는 그것을 슬픔의 냄새라고 불렀다.

엄마의 옷에 밴 엄마 냄새와 슬픔의 냄새가 뒤섞여 나를 감싸 안았다.
그것이 엄마에 대한 나의 마지막 기억이었다.

아침에 일어나 보니 집이 조용했다.
매일 아침, 분주하게 아침을 차리며 나를 씻기고 등교 준비를
도와주던 엄마의 모습이 보이지 않았다.
지난밤, 엄마가 이 집을, 우리 가족을, 나를 떠나 버렸다.
베란다의 새장 문은 열려 있었고, 병아리는 어디에도 보이지 않았다.
하루아침에 모든 풍경이 낯설어 보였다.

처음에는 엄마가 몇 밤만 자고 나면, 다시 돌아와 나를 안아 줄 거라 생각했다.
그렇게 하루가 지나고 한 주가 지나고, 한 달이 지났다.
나는 더 이상 집으로 돌아오는 길에 숨이 차도록 뛰는 일을 하지 않게 되었다.
알고 있었다. 현관문을 열고 들어와도 나를 맞아 주는 사람은 이제 아무도 없다는 것을.

이 아저씨, 눈이…….

마치
텅 비어 있는 까만 구멍 같아…….

어떤 특별한 셀로판지가 내 눈 위에 얹어진 것 같았다.
내가 바라보는 세상이 예전과 다른 빛으로 보였다.
한동안은 깨어 있어도 꿈속의 어두운 숲속을 끊임없이 헤매는 기분이 들었다.
그리고 나는 그 녀석을 점점 더 자주 만나게 되었다.

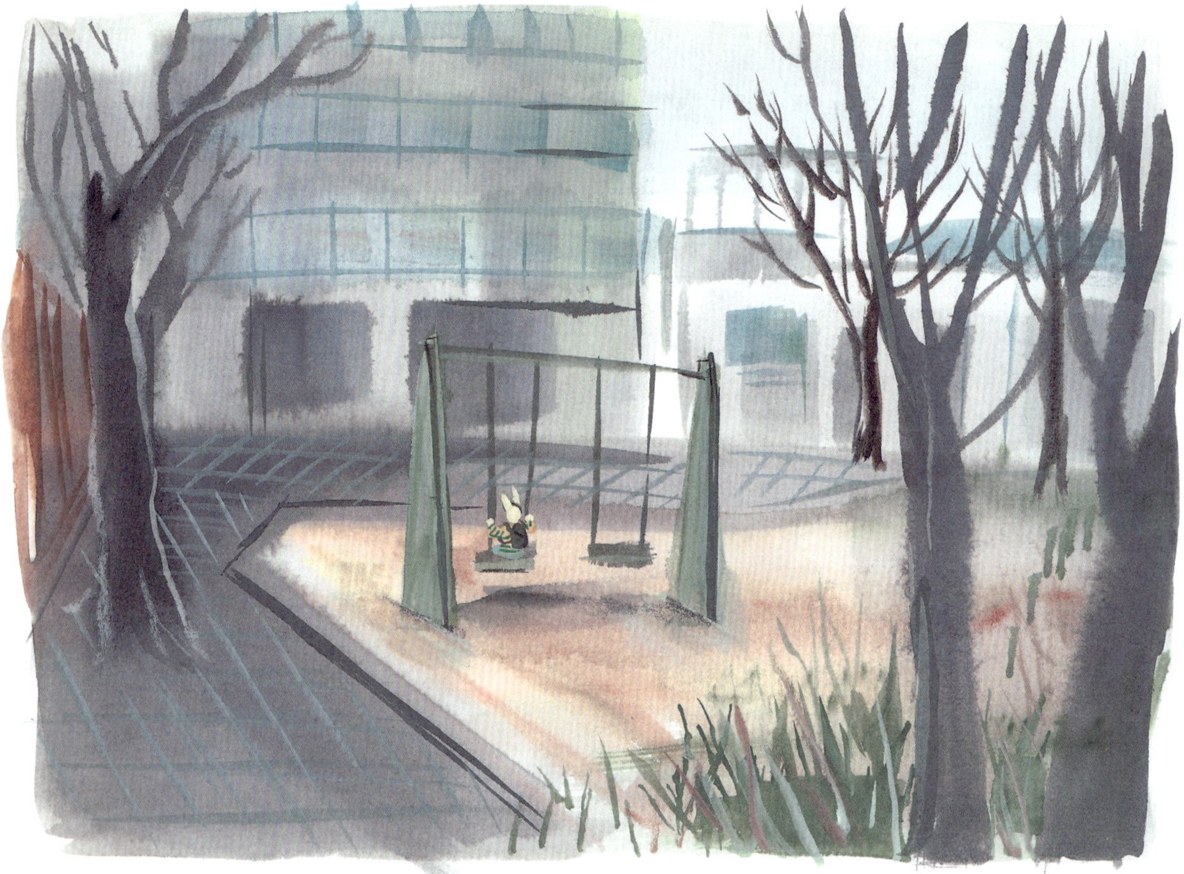

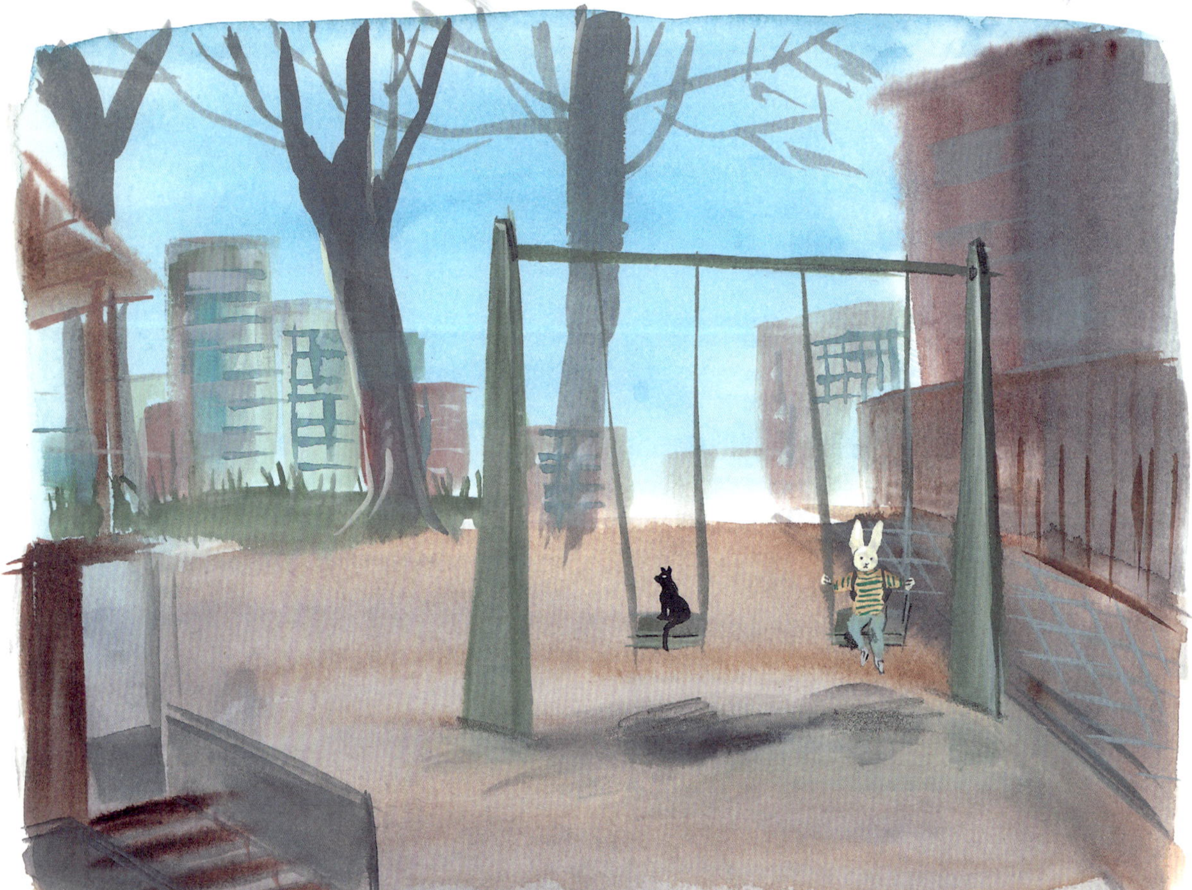

혼자서는 편안한 마음으로 집에 들어가기가 힘들었다. 집은 이제 나에게 휴식처가 될 수 없었다.
학교가 끝나면 바로 집으로 들어가지 못하고 집 근처를 돌아다니거나, 옥상에 올라가 시간을 때웠다.
그럴 때마다 검은 고양이는 내 곁에서 주로 혼자 떠들었고, 나는 들려도 안 들리는 척, 보여도 안 보이는 척,
이 검은 친구를 무시하는 데 온 신경을 곤두세웠다. 이 수다스러운 검은 친구가 나는 정말 반갑지 않았다.

그때부터였을 것이다. 나는 똑바로 누워 자지 못했다.
똑바로 누워 자는 날에는 어김없이 검은 녀석의 얼굴을 밤새도록 마주 봐야 했기 때문이다.

검은 친구는 항상 말이 많았다.

다른 사람에게
내가 보인다는 거,
말하지 않는 게 좋을 거야.

생각해 봐.
누구에게도 보이지도, 들리지도 않는 게
너와 항상 같이 있다는 건 이상한 일이잖아.

실제로 존재하는지 안 하는지도 모르는 녀석에게 휘둘리고 싶지 않았다.
하지만 녀석의 목소리를 무시하려고 하면 할수록 더 의식하게 되었다.
녀석의 말은 분명한 힘이 있었다. 나는 그게 두려웠다.

아빠도 이 시기를 견뎌 내려고 힘겹게 노력하고 있다는 것을.

아빠가 들어 줄까?

아뇨.

너 말야, 아빠한테 나에 대해 말하려는 건 아니지?
네가 사랑하는 아빠를 더 힘들게 만들 거냐?

그만 좀 해.

걱정하지 마.

죽을 때까지
아무에게도 말하고
싶지 않으니까.

그래, 잘 생각했어. 잊지 마라.
네가 말한다고
너를 도와줄 수 있는 사람은
아무도 없다는 걸.

검은 친구의 말에 귀를 기울일수록
나는 점점 말수가 적은 과묵한 아이가 되어 갔다.

열한 살 이전의 나는 우리 집 바로 옆 '귀신머리나무 숲'에서 매일같이 뛰어놀았다.
집과 딱 붙어있는 맥주 공장과, 그 사이를 철조망으로 막아 두었던 그곳은
어른들이 허락하지 않는 금지되고 방치된 장소였다.
나를 포함한 몇몇 아이들은 철조망이 벌어진 틈으로 들어가 어른들의 눈을 피해 시간을 보냈다.
공장 굴뚝과 기계음이 전부인 그 황량한 동네에서 유일하게 나무를 볼 수 있는 그곳이 내겐 특별했다.
하루에도 몇 번이나 개구멍을 넘어갔던 긴 철망 벽, 아이들이 귀신머리나무라고 부르던 버드나무 숲에서
봄이면 씨앗이 하얀 눈처럼 날리던 그곳.

하지만, 어느 날부터 나는 그곳으로 넘어가지 않았다.
누가 시킨 것도 아니고 혼낸 것도 아니었다.
나는 더 이상 햇빛에 얼굴이 까맣게 그을리도록 뛰어놀던 열한 살 소녀가 아니었다.

시간이 지날수록 나는 검은 친구가 정해 놓은 선 안에 점점 더 견고하게 갇혀 갔다.
예전처럼 내 주위의 모든 것이 평온하거나 안전하게 느껴지지도 않았다.
무릎과 손바닥이 긁히는 것 따위는 아무것도 아니었던,
씩씩하고 장난기 넘쳤던 그때의 소녀가 점점 낯설게만 느껴졌다.

시간이 지나면서 나는 귀도, 손도, 발도
모두 길어지고 커졌다.
나의 의지와 상관없이 몸은
어른이 될 준비를 하고 있었다.

그제서야 나는 이 검은 친구가 나와 함께 성장하고 있다는 것을 깨닫게 되었다.
아니다. 사실, 그동안 부정하고 싶어서 일부러 눈길을 주지 않았다.
나보다 더 크고 무거워지고 있는 검은 친구의 존재를.
검은 고양이라고 생각했던 이놈이 표범이었다는 것을.
내가 아무리 벗어나려고 해도 녀석은 너무 크고 무거워서 내 어깨를 강하게 짓누를 뿐이었다.

표범이 하는 말에 귀를 기울이면,
결과는 항상 이런 식이다.

너, 나랑 좀 떨어져 있을 수는 없니?

이렇게 나랑 다니면 좀 덜 무섭지 않냐?
특히 이런 늦은 시간에는 말이야.

야, 토끼. 잠깐 천천히 걸어 봐.
이 골목으로 들어가지 마.

갑자기, 왜?

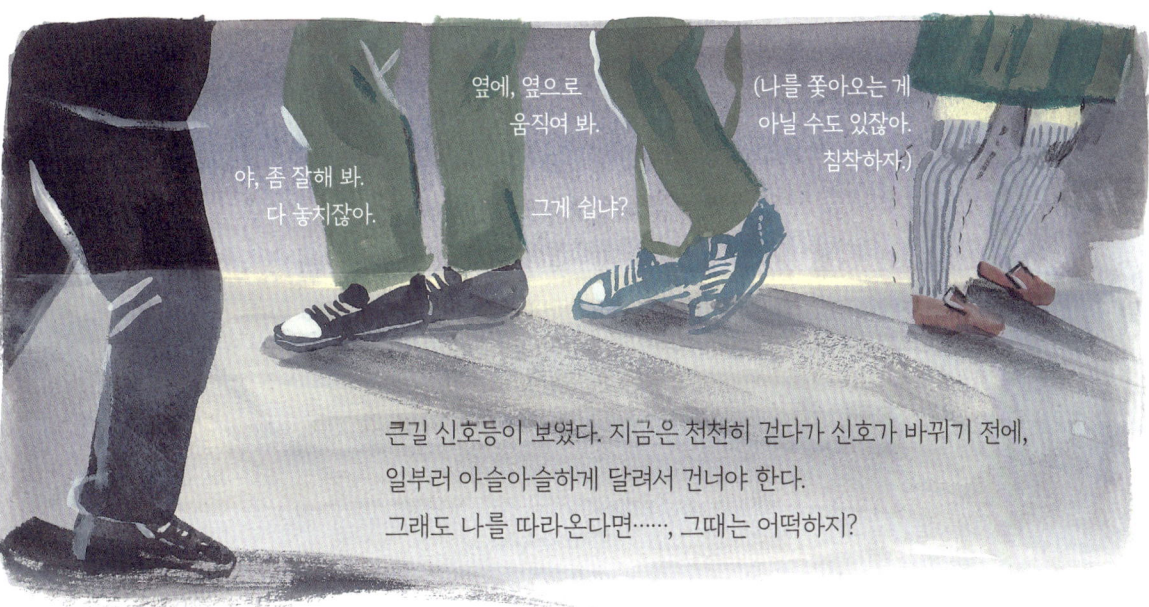

이사 간 곳 옆집에는 같은 반 곰이 살았다.
곰은 나를 대하는 게 처음부터 편안해 보였다.

나는 그림 잘 그리는 사람이 제일 부러워.
내 미술 숙제 좀 도와줘.

곰은 먼저 손을 내미는 일에 거침이 없었다.
마치 그러는 게 당연한 일인 듯 먼저 인사하고 다가왔다.
나와는 너무 달랐다.

곰의 주변에는 항상 친구들이 많았다. 그 애 옆에 있으면 나는 혼자 있는 외톨이가 아니었다.
곰과 친해질수록 늘 따라다니던 표범도 학교에서는 잘 보이지 않게 되었다.
곰과 같이 있을 때면 나는 스스로가 검은 친구에게 끌려다니는 괴상한 아이가 아니라,
평범한 열다섯 살이 된 것 같은 기분이 들었다.

수학여행 내내 나는 곰, 그리고 그 애 친구들과 붙어 다녔다.
이야기하면 할수록 하고 싶은 이야기가 더 생기는 친구,
곰은 나에게 그런 친구였다.

하지만, 표범의 입버릇처럼 나는 긴장을 풀면 안 되었다.
문제는 항상 내가 방심하고 있을 때 찾아왔다.

토끼야!

겉옷도 안 입고…….
안 추워?

추웠어. 땡큐.

어?
이어폰 가지고 왔네.

밤에 산책 나오면
음악을 들어야지.
ㅋㅋㅋ

곰은 내가 왜 소리를 질렀는지, 방을 왜 뛰쳐나왔는지, 아무것도 묻지 않았다.
내 마음을 잘 헤아려 주는 내 친구 곰. 너에게는 그런 친절함이 당연한 듯 보인다.
너는 어떻게 항상 상냥하기만 한 걸까?

아무런 소리도 나지 않는 집. 노란 달빛이 창문 깊숙이 들어오는 밤이다.

적막함이 싫어 자기 전에 습관적으로 라디오를 튼다.

치지지직

오늘 밤은 운이 좋다.

다음 들으실 곡은 Roy Orbison의 <In Dreams>입니다.

A candy colored clown they call the sandman
오색 캔디 색깔 잠의 요정은

로이 오비슨의 감미로운 목소리는 최고의 자장가가 될 테니까.

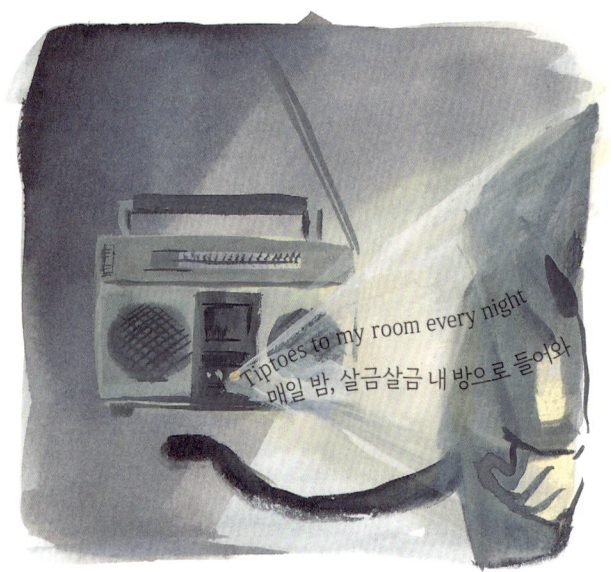

Tiptoes to my room every night
매일 밤, 살금살금 내 방으로 들어와

Just to sprinkle stardust and to whisper
마법의 별 가루를 뿌리며 속삭이죠.

Go to sleep. Everything is alright.
편히 잠들거라, 모든 게 다 잘될 테니.

I close my eyes then I drift away into the magic night
나는 눈을 감고 마법의 밤으로 떠나요.

I softly say a silent prayer like dreamers do
꿈꾸는 이들이 그리하듯 나지막이 기도하죠.

Then I fall asleep to dream my dreams of you
그리고 당신 꿈을 꾸기 위해 나는 잠을 청해요.

But just before the dawn I awake and find you're gone
하지만 새벽이 다가오고 잠에서 깨어나면 당신이 내 곁에 없다는 걸 깨닫죠.

I can't help it I can't help it if I cry I remember that you said goodbye
나는 참을 수 없어요, 눈물을 참을 수가 없어요. 당신이 남긴 작별 인사를 떠올려요.

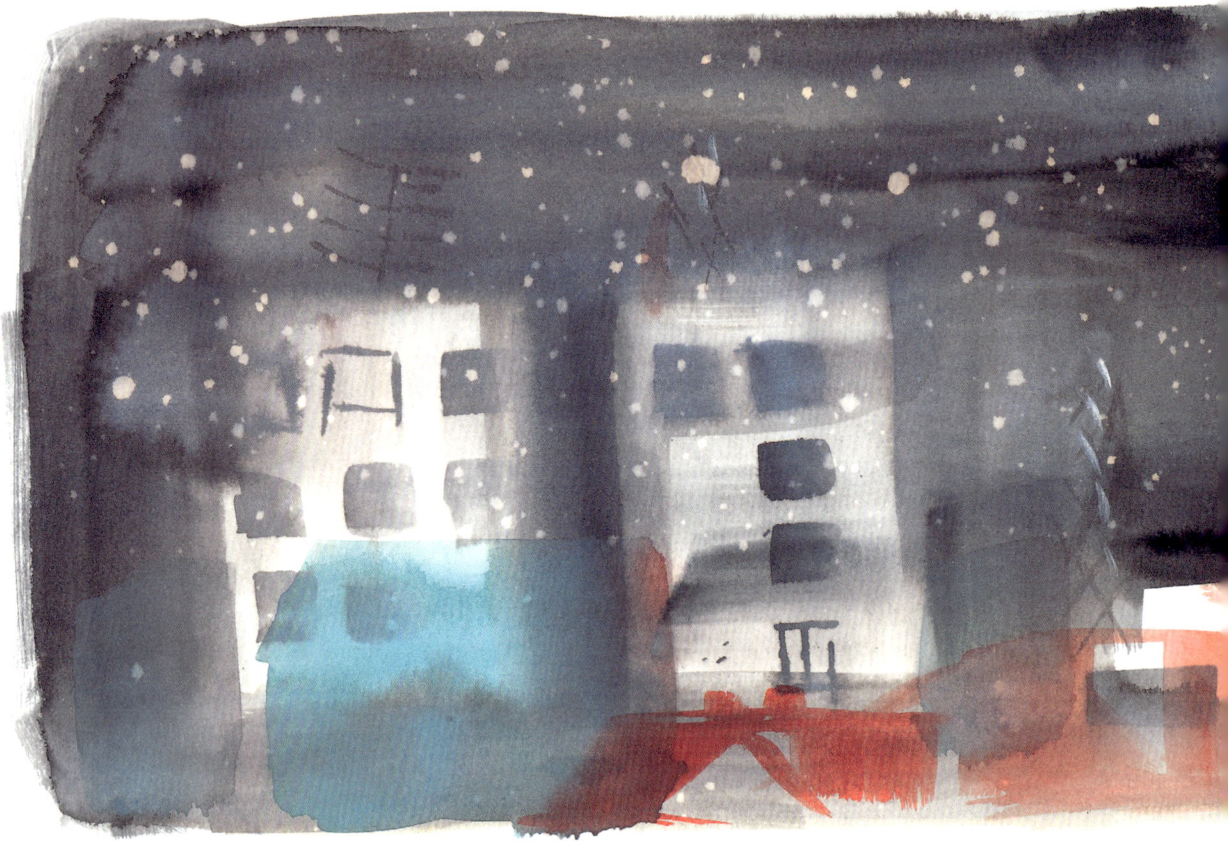

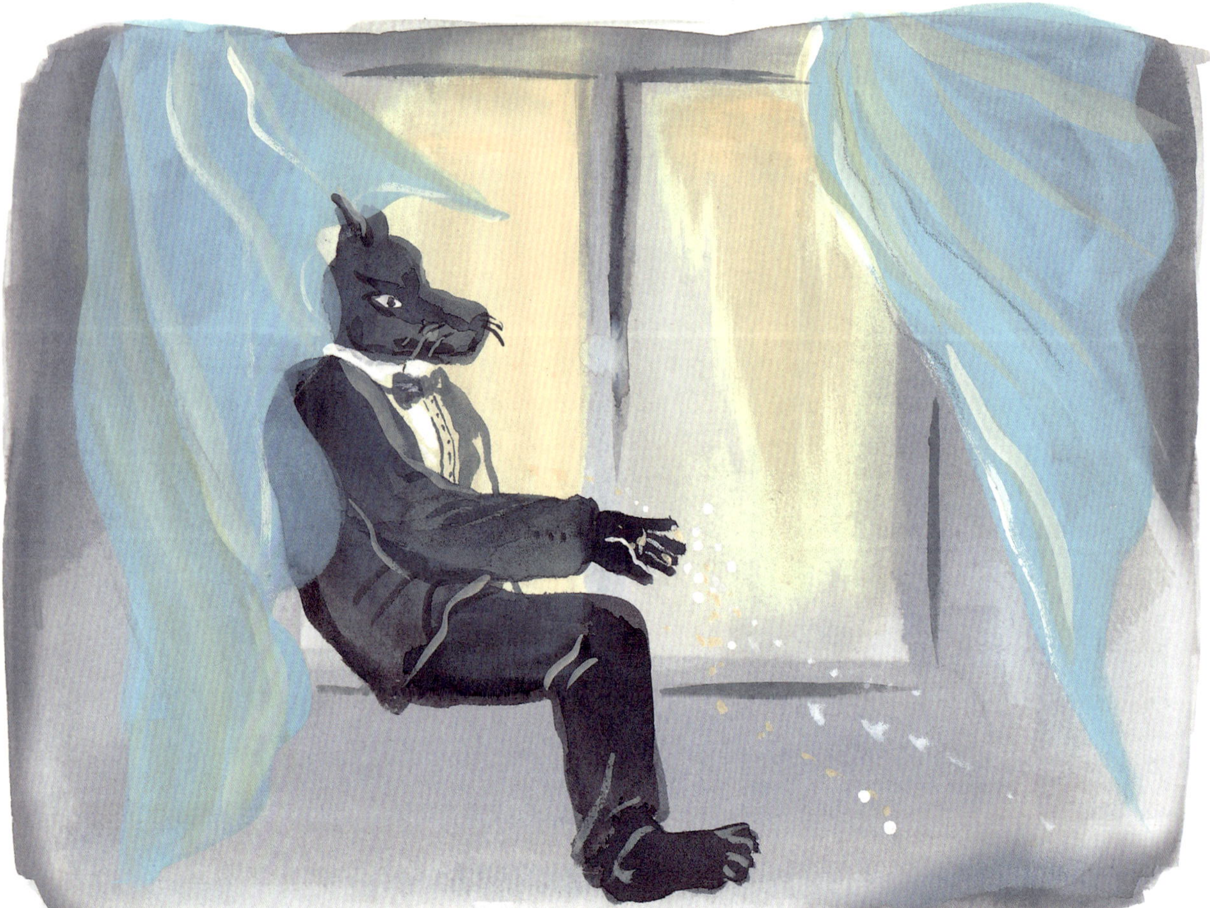

It's too bad that all these things can only happen in my dreams
이 모든 일들이 오직 꿈속에서만 일어난다는 것은 너무나도 고통스러워요.

Only in dreams, in beautiful dreams
꿈속에서만, 오직 아름다운 꿈속에서만.

언제나 내 옆에는 표범이 있었다.
표범은 입버릇처럼 중얼거렸다.
'내가 너를 가장 잘 안다는 것, 잊지 마.'

나의 검은 친구. 나에게 넌 어떤 존재일까?
다른 사람들에게 소개해 줄 수 없는 나의 크고 무거운 비밀. 표범.

꿈의 세계와 현실 세계는 어떻게 연결되어 있는 걸까?
나이가 들면서 점점 현실과 꿈의 경계가 긴밀하게 이어져 있다는 확신이 든다.
꿈속의 나는 어른의 몸이지만, 어릴 적 살았던 그 집으로 자꾸 돌아간다.
집이었지만 한 번도 나에게 편안함을 주지 못했던 곳, 보호받고 있다는 안도감도 주지 못했던 그곳.
다른 곳으로 이사를 가도 소용없었다.
내가 건드릴 수 없는, 나의 마음 한 조각이 항상 그 집에 남아 있었다.
꿈은 언제나 그 집 옥상에서 혼자 노는 것으로 시작된다.

꼭꼭 숨어라. 머리카락 보일라.

나는 표범을 무서워하고 있는 걸까?

항상 꿈은 기분 나쁘게 끝이 났고, 그 여운은 오래 남았다.
집에서 가장 좋은 의자는 항상 녀석의 차지가 되었다.
꿈속에서도 현실에서도 나는 항상 녀석의 손바닥에서 벗어나지 못하는 기분이다.

야, 뭐 재밌는 것 좀 틀어 봐.

또, 코미디 영화?

좋지. 벤 스틸러랑 애덤 샌들러 나오는 걸로 부탁해.

모르는 번호네.

안녕하세요.
토끼 씨 되시죠?
입사 지원하신 ○○회사입니다.
최종 합격하셨습니다.

졸업, 면접과 취업, 첫 직장, 신입 사원 교육, 새 직장 동료들.
나의 이십 대에 새로운 무대가 열렸다.

신입사원 교육일정

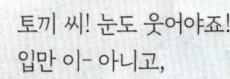

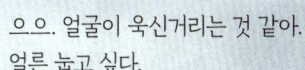

회사 생활은 낯설었지만, 생각보다 순조롭게 적응해 갔다.

토끼 씨! 오늘 교육 완전 짜증…….
지쳤네?
집에 가기 전에 우리 같이 밥 먹고 가자. 완전 배고파.

저도 같이 가요.

네. 배고파요.

처음 만나는 이들 중 다행스럽게도 나를 매력적이라고 생각해 주는 이들이 있었다.
그들은 연약하고 서툴렀던 유년 시절의 내가 아니라,
성장해 있는 나를, 어른으로 대했다.
점점 그런 일들이 익숙해지면서 나는 표범이나 달고 다니는
끔찍한 괴물만은 아니라는 것을 조금씩 깨달았다.

누군가와 같이 있는 것이 좋다.

나도 모르게 안심이 된다.

하지만 나는 왜······.

별을 보려면 정말 많이 기다려야 하네요.
밖은 추운데 기다리는 곳이 실내라서 다행이에요.

그런데 수달 씨, 왜 인어 공주처럼 앉아 있어요?

?

아, 그게······.

발 냄새 날까 봐요.

ㅋㅋㅋ

으, 추워.
왜 하필 겨울에 로퍼를 신고 온 걸까요.
발이 너무 시려요.

고리가 있는 별을
망원경으로 본 건
처음이에요.
교과서에서나
보던 건데.

오길 잘했죠?

네, 너무 예뻐요!

꿈꿀 때마다 항상 어릴 때 살던 집으로 돌아가거든요.
한 번쯤은 달 위에 서 있는 꿈을 꾸고 싶어요.
그냥 나만 알고 있는 상상 속의 작은 달이었으면 좋겠어요.

내가 우주에 서 있다면,
나만 아는 작은 달 위에 서 있다면,
어디로든 끝없이 자유롭게 여행할 수 있을 것 같아요.

수달 씨는 나의 엉뚱한 말에 귀를 기울여 준다.
내가 상상하는 그 달이 어떻게 생겼는지 궁금해한다.
마음속에 꽁꽁 숨겨 두었던 기억, 비밀, 희망, 내가 막연하게 꾸고 있던 크고 작은 꿈들.
그런 사소하고 아무것도 아닌 것들을 들어 준다.
이상하다. 수달 씨와 있으면 평소에는 하지 않던 이야기들을 계속하게 된다.

신부가 너무 많이 웃으면
사람들이 흉본다.

오늘은 너의 비아냥거리는 소리,
듣고 싶지 않아.
그냥 생각 없이 웃고만 싶다.
특별한 날이니까.

금방이라도 울 것 같은 얼굴로 아빠가 내 손을 잡고 같이 입장했다.
신부 쪽 엄마 의자는 비어 있었다. 일부러 그 자리를 보려고 하지 않았다.

인생에 하루, 축하만 받고 싶은, 그런 날이었다.

어떻게 그럴 수 있었을까?

사람들과 함께 있을 때도,
나는 표범이 그어 놓은 보이지 않는 선 안에 갇혀 있었다.
표범이라는 벽을 세워 두고 내 감정을 분명히 드러내지 않고 지내는 게 익숙해져 버렸다.

그랬던 나에게,
수달 씨와의 시간들은 특별했다.

더 좋은 사람으로 보이고 싶은 마음과
있는 그대로의 나를 보여 주고 싶은 마음이
늘 같이 들었다.

신기하게도 불완전한 나의 존재가 어떤 이유에서인지 수달 씨에게도 위안이 되었다.
그런 점들이 신기하고도 감사했다.

으, 팔 아파.

하지만, 이렇게 따뜻한 날에도

내 꿈은 계속되었다.
언제나처럼, 다시 그 집으로 돌아가는 꿈.

끼이이익-

야. 이리 와 봐.
재밌는 거 보여 줄게.

스무 해가 지나도록
나는 왜 다른 곳에서 꿈도 마음대로 꾸지 못하는 걸까?

왜 그래요?
괜찮아요?
또 소리 지르면서 깼어.

......

예전엔 악몽을 꾸다 깨면, 늘 혼자 어둠 속에서 눈을 깜빡이며 새벽을 기다렸다.
수달 씨는 내가 꾼 꿈이 무엇인지 물어보고 조용히 들어 주었다.
내 이야기에 귀 기울여 주는 수달 씨가 옆에 있다. 다행이다.

항상 꿈속에서는 혼자예요?
아무도 없어요?
무서웠겠다.

응.

너 왜 내 얘기는 쏙 빼고 말해?

물론 수달 씨에게 내 마음속에 일어나는 일들을 모두 다 이야기하지는 못하고 있다.
표범에 대해서 말하기까지는 아마도 더 긴 시간이 걸릴 것이다.

혼자 있었대.
완전 거짓말쟁이.

이상하지. 결혼은 했는데…….
아기 가지는 건 뭔가 완전히 다른 이야기 같아.
아직 내 일 같지 않은 기분이랄까.

아기들이 가지는 '연약함'이 거슬린다. 그 작은 몸이 내게 주는 막중한 책임감이 두렵다.
이런 나도 언젠가 '엄마'가 될 수 있을까. 여자로 태어났다고 해서 그 모든 감정이 '자연스럽게' 생기는 것일까.

아기를 가질 준비가 되었다는 건,
화분을 죽이지 않고 잘 키울 때
그때가 준비된 거라고 들은 적 있어.
한번 키워 봐.

겨우 선인장인데.

내가 잘 키울 수 있을까.
자신 없는데.

ㅋㅋㅋ

야, 표범! 왜 그렇게
기분 나쁘게 웃냐?

그때, 그 검은 아저씨가 우리 집 안으로 나를 따라 들어왔을 때,
집에 엄마가 있었으면 얼마나 좋았을까?
내가 엄마! 하고 부르며 문을 열면,
그 이상한 표정의 아저씨가 무서워서 도망가 버렸을지도 모르잖아.
엄마라는 존재만으로도 너무 무서워서.

그때부터였던 것 같아요.

뭐가요?

'안전하다'는 생각이 잘 안 들어요.

내가 있는데도?

고마워요.
이런 이야기,
아무렇지 않게
늘 들어 줘서.

토끼 씨가 악몽을 너무 자주 꿔서
결혼하고 한동안 좀 놀랐어.

나 이상하죠?

아니, 안 그래요.
그래서 더 매력적이야.

진짜?

진짜.

어우, 진짜 못 들어 주겠네.

누구나 아기 때는 하루에 몇 번이나 누군가에게 안겨서 울었을 것이다.
하지만 어른이 되고서는 그러지 않는다.
나는 아빠에게 한 번도 그렇게 해 본 적이 없다.
우리가 살아가면서 누군가에게 안겨 위로받는 일이 평생 몇 번이나 있을까?

아마도 수달 씨와 함께하기로 한 가장 큰 이유는,
내가 수달 씨에게 안겨 울 수 있었기 때문일지도 모르겠다.

가장 보여 주고 싶지 않은 표정으로
가장 보여 주고 싶지 않은 기억을 꺼내서 말하고,
누군가를 완전히 믿고 그 품에 안긴다는 것은
내가 세워 둔 견고한 벽이 무너지는 것 같은 기분이 드는, 그런 일이었다.

사람은 죽기 전에 인생의 기억들이
영화같이 순식간에 지나간다고 들은 적이 있다.
나에게도 그런 순간이 온다면,
아마도 어린애처럼 안겨 울던 그 순간들이 가장 반짝거리며 보이지 않을까?

늘 위로받기만을 바랐던 나도,
언젠가 어떤 연약한 누군가를 안아 주는 그런 따뜻한 품이 될 수 있을까?

넌 항상 나에게 못할 거라고 말하더라.
네가 키우지 말라고 하니까
더 데려오고 싶어지네?

짜증 나.

으. 추워.

삑삑삑

난 반려동물을 키울 계획이
전혀 없었는데.

나뭇가지 위에 앉아서 가만히 있네.
얌전한 성격인가.

의외로 조용하네, 너?

새는 아무 소리도 내지 않는다.
다가오지도 않는다.
서늘한 비가 계속 내리는 밤이다.

다음 날부터, 새는 아주 조금씩 움직이기 시작했다.

웃는 얼굴인데
갑자기 물 것 같아.
나 물지 마.

무서워.

콧물이 더 엉망이 됐잖아.
(눈 쫄까 봐 무서워 안경 꺼내 씀.)

코 찔찔

콧물을 계속 흘려도 되는 건가.
감기 걸렸나. 내가 뭐 새를 잘 아는 것도 아니고.

이러다가 더 많이 아프면 어떡하지?
(무서워서 수건을 손에 말고 있다.)

에이.
하던 일이나 하자.

다다다다다

새가 자꾸 존다. 콧물이 나온다. 괜찮은 걸까.
신경 쓰인다. 계속 졸기만 하고. 추운가.
새를 잘 알지도 못하면서 왜 데려와 가지고.
어떡하지.

새 동물병원은
정말 없구나.
병원 찾기
되게 힘드네.

겨우 하나 찾았네.
밤 아홉 시인데. 안 받겠지?

그래도 혹시 모르잖아.

받았다!

저……, 모란앵무를 데려왔는데
코딱지가 너무 심해서요. 이거 정상인가요?

네, △△동물병원입니다.

정상은 아니죠. 혹시 그런 종류의 새 처음 키워 보세요?

집에 전기장판 있나요? 온도계는? 플라스틱 박스도 필요해요.

네…….

네,
잠깐만요.

수의사는 혹시 밤에 긴급 전화가 걸려 올까 봐
핸드폰으로 전화를 연결해 두었다고 했다.

새의 체온은 사람보다 높아요. 40도 정도지요.
추우면 바로 아플 거예요. 따뜻하게 해 주세요.
새 옆에 온도계를 두고 온도를 30도 정도로 맞추세요.
그 정도로 콧물이 나오는 거면 많이 아픈 거예요.

이렇게 하는 거 맞나?
(드릴로 숨구멍을 뚫어줌)

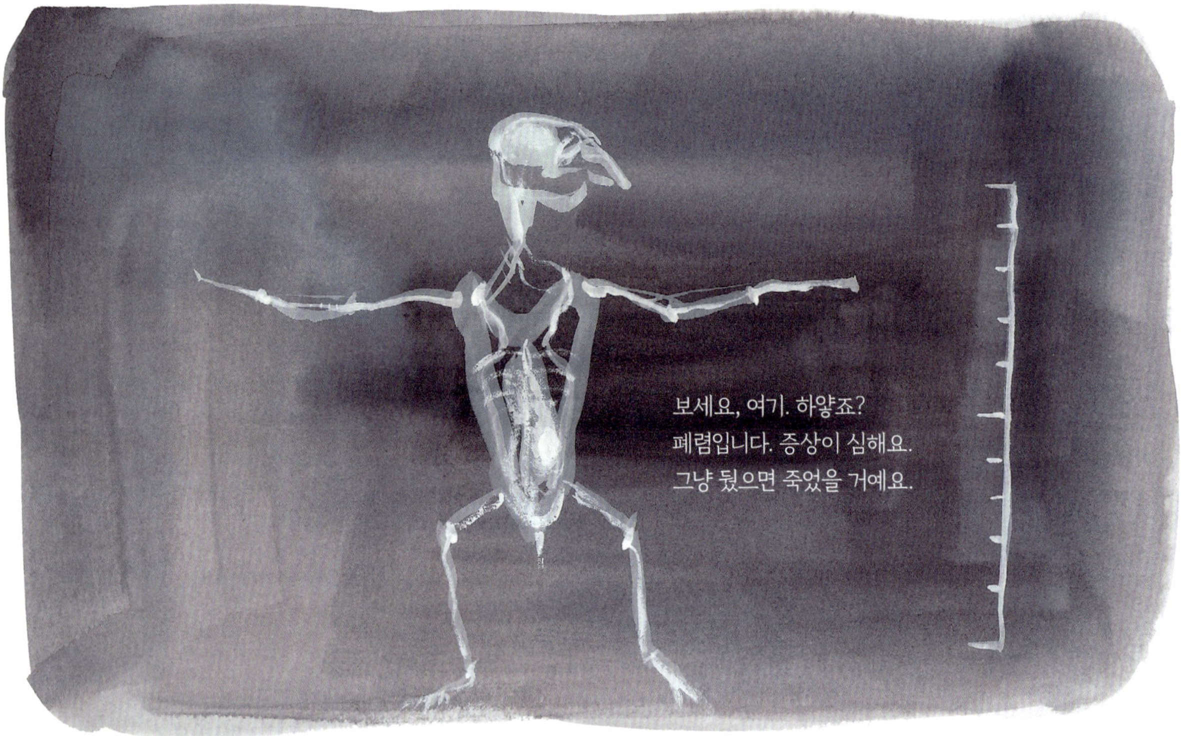

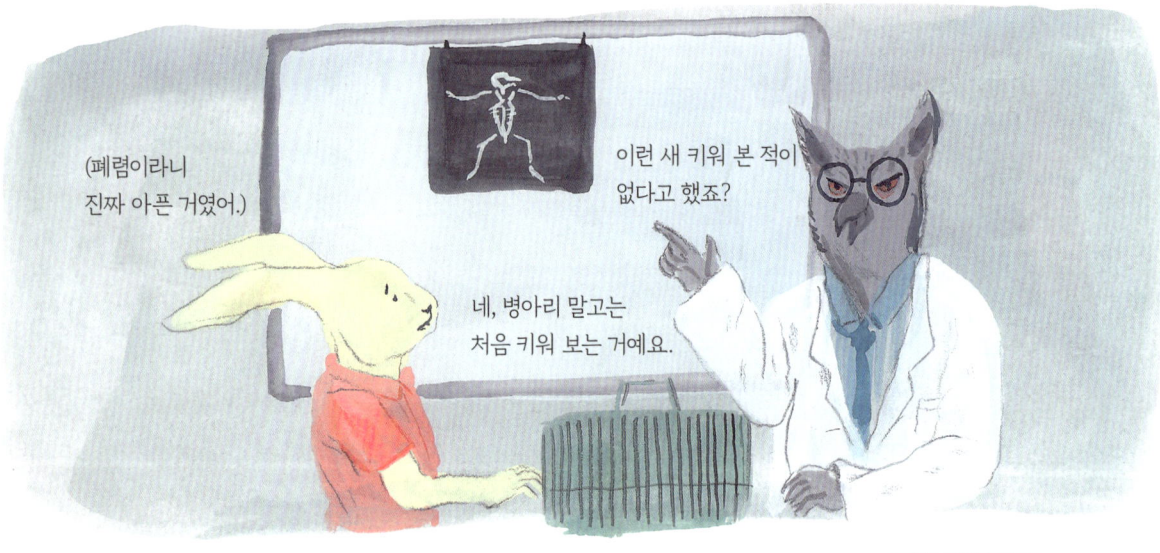

보세요, 여기. 하얗죠?
폐렴입니다. 증상이 심해요.
그냥 뒀으면 죽었을 거예요.

(폐렴이라니
진짜 아픈 거였어.)

이런 새 키워 본 적이
없다고 했죠?

네, 병아리 말고는
처음 키워 보는 거예요.

따뜻한 아프리카와 근처 섬에서 살던 새예요.
실내 온도를 30도 정도로 유지해 주면 좋습니다.
사람은 다소 더울 수 있어요. 따뜻하게 해 주세요.

이런 새를 베란다에 두고 키우다니.
전 주인은 새가 많이 아팠다는 것도, 온도 때문에
죽을 수도 있다는 것도 알지 못했을 거다.
나랑 같이 사는 동안은 베란다에서 지내는 일은
절대로 없을 거다.

수의사가 날개깃을 자르는 것에 대해 알려 주었다.
날개깃을 잘라 날지 못하게 통제하는 것을 '윙컷'이라고 한다.
아기 때부터 날개를 잘라 그렇게 길들이는 것이다.
나는 새의 날개를 자르지 않기로 했다.
날지 못하는 새라니. 아프리카에서 살던 새를 집에서 기른다는 건
여러 가지로 수고스럽고 부자연스러운 일이다.

시간이 지나면 수컷인지, 암컷인지 알게 될 거예요.
알을 낳으면 여자겠죠.
햇볕을 많이 쬐어 주면 더 건강하게 자랄 거예요.
성조가 되면 부리 주변이 지금처럼 부드러운 핑크색이 아니라 완전히 빨강색으로 바뀌어요.
몸무게는 38g이군요.

새가 그려져 있는 봉투에 '살구'라고 써 있다.
죽지 말고 오래오래 살라고 살구다. 내가 지은 이름이다.
봉투에 16만 원짜리 약이 들어 있다.
약봉지 하나에 1g 남짓한 가루약이 나눠져 있다. 주사기에 잘 섞어 매일 두 번씩 먹여야 한다.
작은 새 한 마리를 돌보는 데도 이렇게 번거롭다.

너 건강 보험도 안 되는구나.
(아까운 내 돈)

콕콕콕

자, 같이 보자.

다다다다

?

눈을 쫄 것 같아. 눈 마주치지 말아야지.
무서워서 못 만지겠어.

(어깨를 가장 좋아한다.)

대략 10분마다 똥을 눈다.
더러워.

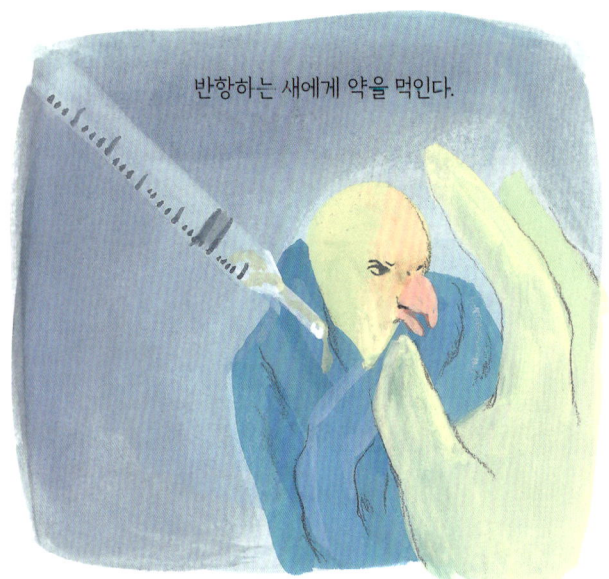

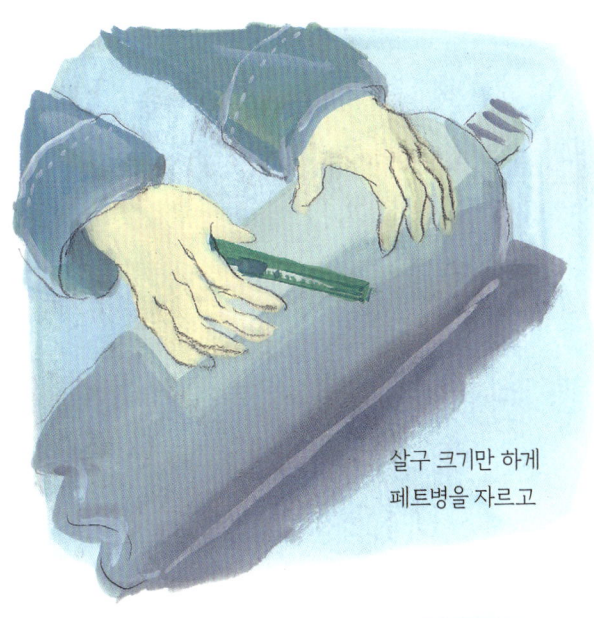

살구 크기만 하게
페트병을 자르고

수면 양말을 앞뒤로 씌운다.

반응을 기다려 보자.

오! 관심 보이네!

다다다다

마음에 드니?
따뜻하지? 웃는 건가?
콧물이나 찔찔 흘리는 주제에.

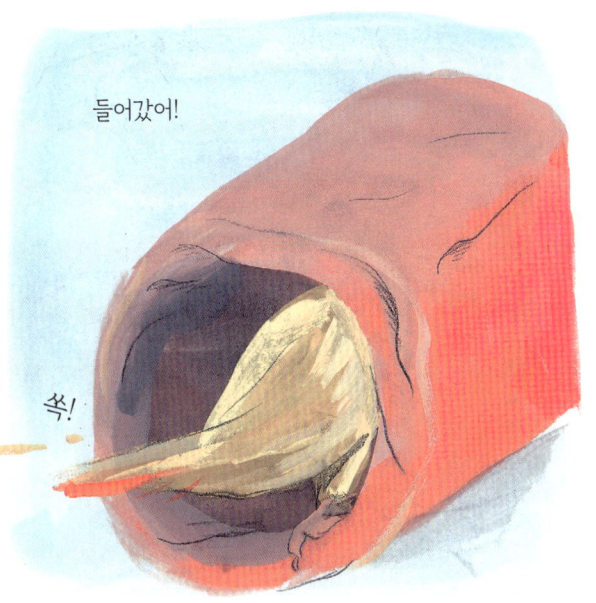

들어갔어!

쏙!

어릴 때 감기 잘 안 걸렸었는데, 한번 아프면 오래 아팠거든요.
잠에서 깨면 항상 엄마가 옆에 있었어요. 밤이나 낮이나 항상.
잠결에도 머리카락을 쓸어 주던 손길이 생각이 나요.

나도 그런 기억 있어요.
그런 날엔 꼭 복숭아 통조림을 먹었지.

그치,
맛있는 거 먹는 날.

부리가 이렇게 생겨서 그런가?
계속 웃는 것처럼 보여요.

이런 게 타고난
웃는 상인가?

살구가 수면 양말 안에서 조는 모습을 한참 바라보았다.
비 오는 날 베란다보다 여기에 있는 것이,
살구를 데려온 것이 잘한 선택이라는 묘한 안도감이 들었다.

다 알고 있다는 듯한, 묘한 웃음기 넘치는 표정.
작은 앵무새인데 성격은 아주 맵다.
아기 새인데도 입질이 사납다.
마음에 안 들면 피가 나도록 무는 호전적인 새였다니.

그런 살구지만 의외로 애정 표현도 많이 한다.
살구가 따스한 부리를 내 손가락에 비빈다.
내 몸보다 조금 더 따뜻한 녀석의 온기가 손가락 끝에 전해진다.

뭐야? 네 소리였어?
너 왜 이렇게 높은 곳에서
뛰어내렸어?
날지도 못하면서.

다다다다다다

다다다다다다
콕콕콕!
아야야!

?
빤—히

너, 나한테 인사하러 온 거야?

……

살구의 두 눈이 까만 우주 같다.

열한 살 때 이후로 처음 있는 일이었다. 이상한 하루의 시작이었다.
단 하루도 빠지지 않고 내 곁을 맴돌던 녀석인데 갑자기 표범이 내 주변에서
며칠씩 자취를 감추기 시작했다.

여기는 봄이면 버드나무 씨앗이 눈처럼 내리는 숲이야.
친구들이랑 귀신머리나무 숲이라고 불렀어.
어렸을 때는 매일 놀러 왔었는데.

살구 년, 이마가 빨개지면 어른이 되는 거구나.
마음이 어른이 된다는 건 어떻게 알 수 있을까?
나의 어떤 부분은 아직도 열한 살에 멈춰 버린 것 같아.

우리의 일부분은 영원히 어린아이가 아닐까?
너희는 기억으로 살아가지. 네가 기억하는 어린 시절이 네 안에 있잖아.

겨울에 친구들이랑 놀다가
어느 날 땅바닥이 말랑말랑해지면
그때부터 봄이 시작되는 거였어!

꽃무늬 분홍색 스카프에 코를 묻고 숨을 들이쉬면 나던
달큼한 엄마 냄새.

있잖아, 어떤 기억은 영영 떠오르지 않았으면 좋겠어.

얼마 못 가서 이렇게 말라 죽고 말았지만.

바람이 시원하게 이마를 스쳐 간다.

진짜 진짜 이상한 꿈이네.
개꿈인가?

그렇지?
나 아니면 네가 어디서 이런 근사한
개꿈을 꾸겠어?

현실의 세계에서 살 것인가. 기억의 세계에서 살 것인가.
결정하는 건 바로 나다.

현실의 선인장은 상황이 좋지 않았다.

응,
줄기 하나가 썩어 버렸어.

그래도 그렇게 최악은 아니야.
다 죽지는 않았잖아.

선인장은 물을 너무 많이 줘도 죽어.

물 자주 주면 좋은 거 아니야?

아니야
식물마다 원하는 게 다르다고.

물을 자주 줘도 되는 것, 안 되는 것,
햇빛 좋아하는 것, 그늘을 좋아하는 것, 추워도 되는 것,
무조건 따뜻해야 하는 것…….
모양이 치우치게 자라면 해를 보는 위치도 부지런히 바꿔 줘야 해.

그리고 누가 그러던데,
잘 커라, 예뻐져라, 아프지 마라.
그렇게 말해 주면 식물들도 다 듣고 있다고…….

너한테 거짓말했던 거,
엄마가 가게 일이 바빠서 집에 없는 거라고,
그거 내가 사과한 적 없지?
그때, 거짓말했던 거 미안해.

아, 그거?
그게 갑자기
생각났어?

응. 그땐 엄마가 없다는 게
부끄러웠거든.
솔직하게 말 못 했어.
그때는 내가…….

그냥 자라는 것은 이 세상에 아무것도 없다.
살아가는 것에는 공부가 필요하다.
무엇보다 실제로 부딪혀 보는 경험이 중요하다.

사랑받고 사랑하는 경험.
나는 그 모든 게 서툴기만 했다.

이상한 소리를 내네?

삐삐삐삐삐! 뻑뻑

삐비비비비비비비비!

쟤가 왜 저러지?
저런 적 없었는데.

너, 왜 그래?

어?
날개가 꼬여 있잖아.

푸드덕!
푸드덕!

푸드덕!

삐비비비비비!

푸드덕!

뭐야. 다리가 실에 묶여 있잖아.
너무 흥분했어.
못 만지겠어.

내가 살구 다리를 다치게
하면 어떡하지.

진정해, 살구야.

푸드덕푸드덕

꽉!

아야야!

조심조심,
발 안 다치게, 천천히······.

목에도 실이 있었네.
털 때문에 잘 안 보여.

조심조심
천천히

이불은 버려야겠다.
실밥이 자꾸 나와서 또 사고 나겠어.

새는 조심성이 많은 동물이다.
높은 곳에 올라가 있는 것만이 스스로를 지키는 방법이다.
포식자들을 피해 가장 높은 곳에서 자고 땅으로 내려오지 않는다.

해가 좋은 날,
살구는 물을 몇 모금 마셔 본다.
물이 따듯한지 아닌지 확인한 후,
혼자 목욕을 시작한다.

이렇게 작은 그릇이 훌륭한 욕조가 된다.
나의 눈과 귀가 작은 몸짓과 소리에 반응하게 되었다.

혼자서도 잘 씻네.
신기하다.

삐삐삐!

(물을 튀기면서 씻고 있음)

목욕 끝나니까 추운가?
둥지로 돌아가네.

다다다다다

아, 눈부셔.
오늘 날씨가 좋군!

찌릿 야!

ㅋㅋㅋㅋ 너, 꼭 그렇게 토끼 어깨에
올라가야겠어?
토끼가 얼마나 답답하겠냐고.

너 혹시
토끼가 슬프면 슬프기도 하고,
기쁘면 기쁘기도 하고 뭐, 그런 거야?

그건 잘 모르겠는데…….
나는 토끼에게 계속 말을 걸고 싶어.
기대하지 말아라.
안심하지 말아라.
너에게 좋은 일만 있을 리가 없다. 그런 거?

그게 평범한 대화냐?
일종의 저주 같기도 하고.
네 말을 듣고 있으면 기분이 안 좋아진다고!
들뜨던 마음도 가라앉히는
그런 이야기만 하잖아!

너 은근히
토끼를
지켜 주고 있는 것 같은데?

뭐라고?

조심하라고, 경고해 주는 거잖아.

글쎄.

……

표범, 넌 내 기억의 조각들이 모여서 만들어 낸 환상일까?
아니면 살아서 움직이고 말을 거는 트라우마?

네가 무엇이든 네가 없는 나를 이제는 상상하기도 힘들어
아무도 찾지 않는 캄캄한 어둠 속에서도
너만은 항상 내 옆에 있어 줬으니까.

그런 너를 세상에 보여 줄 수 없다.
그렇다고 해서 이렇게 선명한 너를 계속 부정하기만 한다면
나의 일부분이 잘려 나가는 기분이 든다.
그건 참 무섭고 슬픈 일이다.

누구나 각자 자신의 얼굴만큼 다양한 인생을 살지.

누군가는 표범을 만났고,
누군가는 표범을 한 번도 만난 적 없고.

표범을 만난 누군가는 미워하고 또 미워하면서
겨우겨우 표범을 버텨 내며 지내겠지.
누군가는 표범에게 짓눌리기도 할 테고.
혹시 알아?
누군가는 표범과 친구가 될지도.

여기가 그 집 맞아?

자!
다 왔다!

토끼, 너 요즘
아프리카로 여행 가고 싶냐?
얘가 안 꾸던 꿈을 꾸네.

꿈속, 내 기억 속의 그 집이 이상해졌다. 옥상 전체가 야자수와 선인장으로 뒤덮여 있었다.
어린 시절 우리 동네에서는 절대로 자랄 수 없는 커다란 잎사귀를 가진 나무들이 잔뜩 자라고 있었다.
꿈속의 살구는 현실과는 다르게 마음대로 날아다녔다.
살구가 노란 날개를 활짝 펴고, 커다란 선인장 위로 훌쩍 날아가 버렸다.

야생의 새에게 편안한 삶은 없어.
아프리카에선 작은 새가 나무에 둥지를 짓는 것도 쉬운 일이 아니거든.
나무가 허락되지 않는 사막지대에 사는 새들은 더욱 그렇지.
이렇게 커다란 선인장에 구멍을 뚫고 사는 새들이 있어.

자신의 처지를 투덜거리며 넋을 놓고 있을 시간 같은 건 없어.
다들 치열하게 살아간다고.

충실하게 하루하루를 버티며 살아가는 거야.

신이 너무 바빠서 엄마를 만들었다는 말이 있잖아요,
그 말을 들을 때마다 마음 한쪽이 불편했던 적이 있어요.
나도 모르게 엄마를 원망하고 싶어졌거든요.
하지만 아무리 엄마라도 신처럼 하루 종일 아이를 보호해 줄 수는 없는데…….
그건 불가능한 일이잖아요.

나를 힘들게 했던 사람을 떠올리느라 마음 쓰고 싶지 않아요.
나를 지켜 주지 못했던 엄마를 원망하고 싶지도 않고요.

수달 씨는 우리의 위치를 거듭 확인했다.
사실, 이 동네는 수달 씨보다 내가 훨씬 더 잘 안다.

이쪽으로.

성당도 그대로네요.
오래됐는데도······

어때요?
변한 게 없어요?

전보다 아파트가 많아지고, 공장 굴뚝이 많이 없어졌어요.
높은 건물도 많이 생기고.
그래도 동네 분위기는 거의 그대로네요.
재개발 지역이라 그런지 낡은 집들이 아직도 많이 있네요.

이 나무들 엄청 커졌네.

그래요?
다 왔어요.

여길 왜 왔냐고 더 물을 필요도 없었다.
수달 씨는 어릴 적 내가 살던 동네로 일부러 나를 데리고 온 것이다.
내가 꿈속에서 항상 보는 그 동네, 다른 곳을 꿈꾸고 싶어도 항상 돌아오고 마는 어릴 적 그 집.

이제 이 모퉁이만 돌면…….

정말 이 자리가 그 집 맞아요?

맞아요. 그 집. 이 자리.
얼마 전에 철거가 끝났어요.
직접 보고 싶어서 일부러 온 거예요.

사라졌어, 완전히.
흔적도 없이.

다행이다.

그 집이 없어져서…….
좋다고 말할 수 있어서요.

이런 내 말을 들어 주는 사람이 옆에 있다는 게 참 다행이에요.

어렸을 때, 이런 순간들이 자주 있었다.
하염없이 몇 시간이고 햇빛을 바라보고,
그 안에 날아다니는 먼지를 바라보았다.

아주 작은 먼지들의 움직임이 다 달랐다.
누가 더 크고 작은지, 더 빛나는지 살필 수도 없었다.
똑같이 움직이는 먼지는 하나도 없으니까.

그 작은 먼지들 하나하나가
모두 특별해서 눈을 뗄 수가 없었다.

굿! 물 온도가 딱 좋아.
옷 안 입었어.
잠시 다른 곳을 봐 줄래?

볼 게 없는데, 전혀.
신경 안 쓰이지만,
안 봐. 안 본다고.

캬! 좋다!
혼자서 목욕하는 반려동물은 좀 대단하잖아?
나는 깔끔한 동물이라고!

좋니?
목욕을 좋아하다니
신기해.

나는 더 이상 그 집으로 돌아가는 꿈을 꾸지 않는다.
어느 날, 드디어 꿈속에서 우주를 보았다.
깊은 우주에 아무도 찾지 않는 달 위에 내가 서 있었다.
어린 왕자가 살던 별처럼 작고 눈에 띄지 않는 달이었다.

표범이 나의 작은 달 위로, 내 어깨 위로 찾아왔다.
나를 짓누르기 위해서일까, 나를 지켜 주기 위해서일까.

달 위로 수달 씨가 다가왔다.

수달 씨는 내 어깨 위에 올라가 있는 표범을 보고도 깜짝 놀라지 않았다.
헤엄치듯 스르르, 빙그레 웃으며 내 작은 달 위로 올라왔다.

그리고

어?

우아!

이게 뭐지?

살구가 잠이 늘었다.

살구야,
너 왜 침대에서 안 나와?
어디 아파?

어? 저게 뭐지?

침대에 저게 뭐야?
나와 봐.

아야.
손 물지 마!

빠! 빠빠빠빠.

세상에!
살구야.

푸드덕

빠!

살구가 처음으로 알을 낳았다.

살구,
너 여자였구나!

네가 거기 있다는 거 알고 있어.

오랜만이네.
웬일이야?
말을 다 걸고?

너는 나의 한 조각이야.
네가 다른 사람들에게 보일까 봐 걱정하느라 너무 많은 시간을 낭비했어.
더 이상 너를 내 인생에서 없애려고 애쓰지 않을 거야.
그건 내가 아니니까.

앞으로는
새로운 것들을, 살아있는 것들을 더 많이 사랑할 거야.

네가 이제껏 한 말 중에서
가장 마음에 드네.

심지어 너도 사랑해 버릴 거야.

작가의 말

눈을 뜨고 감을 때마다,
그리고 꿈속으로 찾아오는 표범을 만나는 이들에게,

깊은 어둠을 본 만큼
더 밝은 빛을 볼 수 있기를.
짓눌린 어깨를 활짝 펴고 걷기를.
혼자가 아니라는 것을,
당신은 아주 특별한 사람이라는 것을
기억하기를 바라며.